悲しみよ ありがとう

まばたきの詩人
兄・水野源三の贈り物

林 久子 文
水野源三 詩
小林 惠 写真

日本キリスト教団出版局

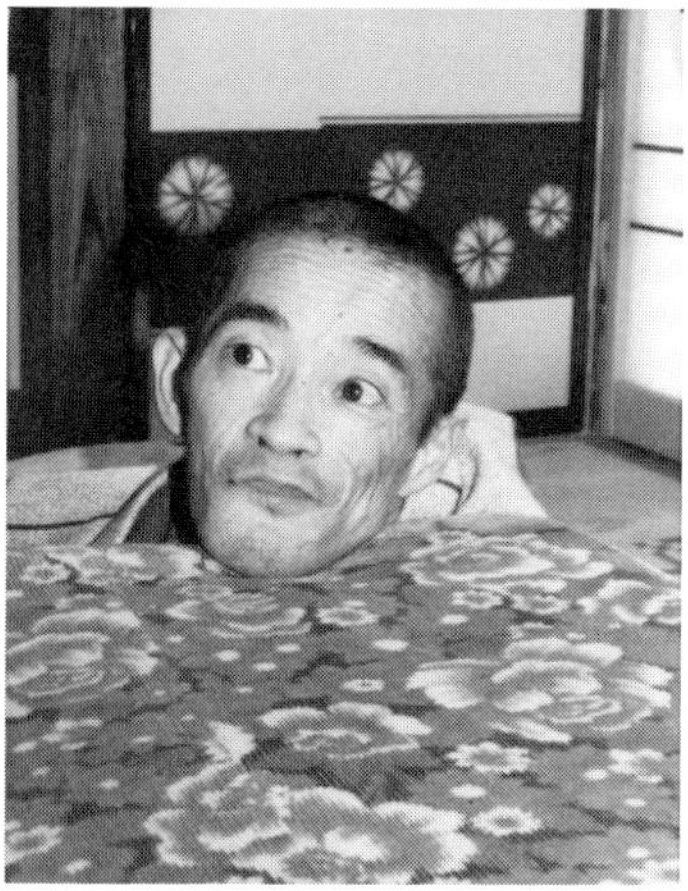

ありし日の源三さん

写真：『信徒の友』編集部

もくじ（＊は作品名）

※収録作品の表記は、『わが恵み汝に足れり―水野源三精選詩集』（日本キリスト教団出版局）に準拠した

生まれ故郷の坂城町（長野県）。生涯、源三はこの町から出ることはなかった。
写真：『信徒の友』編集部

今日一日も

新聞のにおいに朝を感じ
冷たい水のうまさに夏を感じ
風鈴の音の涼しさに夕ぐれを感じ
かえるの声はっきりして夜を感じ
今日一日も終りぬ
一つの事一つの事に
神さまの恵と
愛を感じて

（坂城町にある詩碑より）

写真：『信徒の友』編集部

プロローグ　兄源三の残してくれた「まばたきの贈り物」

私は一九四三（昭和一八）年生まれ。その私には六歳上の兄がいました。兄は九歳（私が三歳）の夏（終戦の翌年）、町に流行した赤痢がもとで脳性まひになり、体のほとんどの自由を奪われてしまいました。しゃべることも、手足を動かすこともできない状態の兄は、両親はじめ、みんなの手を借りなければ生きることはできませんでした。そして六畳間を自分の城とし、入り口にドアをつけてもらい、家族以外の人との接触を避けていました。

そんな中、兄は療養所のお医者さんに「いいかい、なにか伝える時はしっかり目をつむるんだ」と教えてもらったことで、「水が飲みたいと聞かれたら目をつむる」というようにして、私たちに意志を伝えるようになりました。

さらに、ひらがなの五十音表を使ってまばたきで言葉を伝えるようになりました。やがて母の手助けで詩や短歌・俳句を書くまでになりました。

五十音表を使い、兄のまばたきで一字一字ひらがなを拾っていく作業は根気がいります。ですが、母だけでなく手伝った私にとっても、一つ一つ作品ができあがっていくのはうれしいことでした。

作品ができると今度はどこかに応募してみたくなりました。でも現実はそんなに甘いものではありませんでした。投稿してもなかなか取りあげてもらえないことが続きました。それが宮尾隆邦先生によってキリスト教を知ることにより、信仰に裏付けられた作品がキリスト教の雑誌で取りあげてもらえるようになったのです。そこから兄の世界がひろがりました。

兄の作品は野の花や虫、小鳥など身近なものを歌ったものが多く、中でも父母を歌ったものは兄の一途な気持ちが表れていました。母が病気になった時の詩。

「私が御国へ召されるときまで／母よ病気をしないでいてほしい／健康でいてほしい／そうでなければ私は／聖書を学べない／手紙を出せない／詩を作れない／生きられない」と、兄は祈るような気持ちを詩にしていました。六畳間の炬燵《こたつ》に顎をのせて、いつもほほえむしかなすすべがなかった兄の、本当の気持ちが痛いように伝わってきます。

でも兄の祈りとは裏腹に、まず父が胃がんで亡くなり（兄三〇歳の時）、父亡き数年後母に子宮がんが見つかりました。母の闘病は父の時と違ってとてもつらいものでした。

私はその時はキリストをうらみ、「源三ちゃん、愛の神さまなんて嘘だね」と言い、兄に突っかかったものです。

しばらくして、兄の「主よなぜそんなことをなされるのですか／私はそのこ

「生きる」

神さまの
大きな御手の中で
かたつむりは
かたつむりらしく歩み
螢草は
螢草らしく咲き
雨蛙は
雨蛙らしく鳴き
神さまの
大きな御手の中で
私は
私らしく
生きる

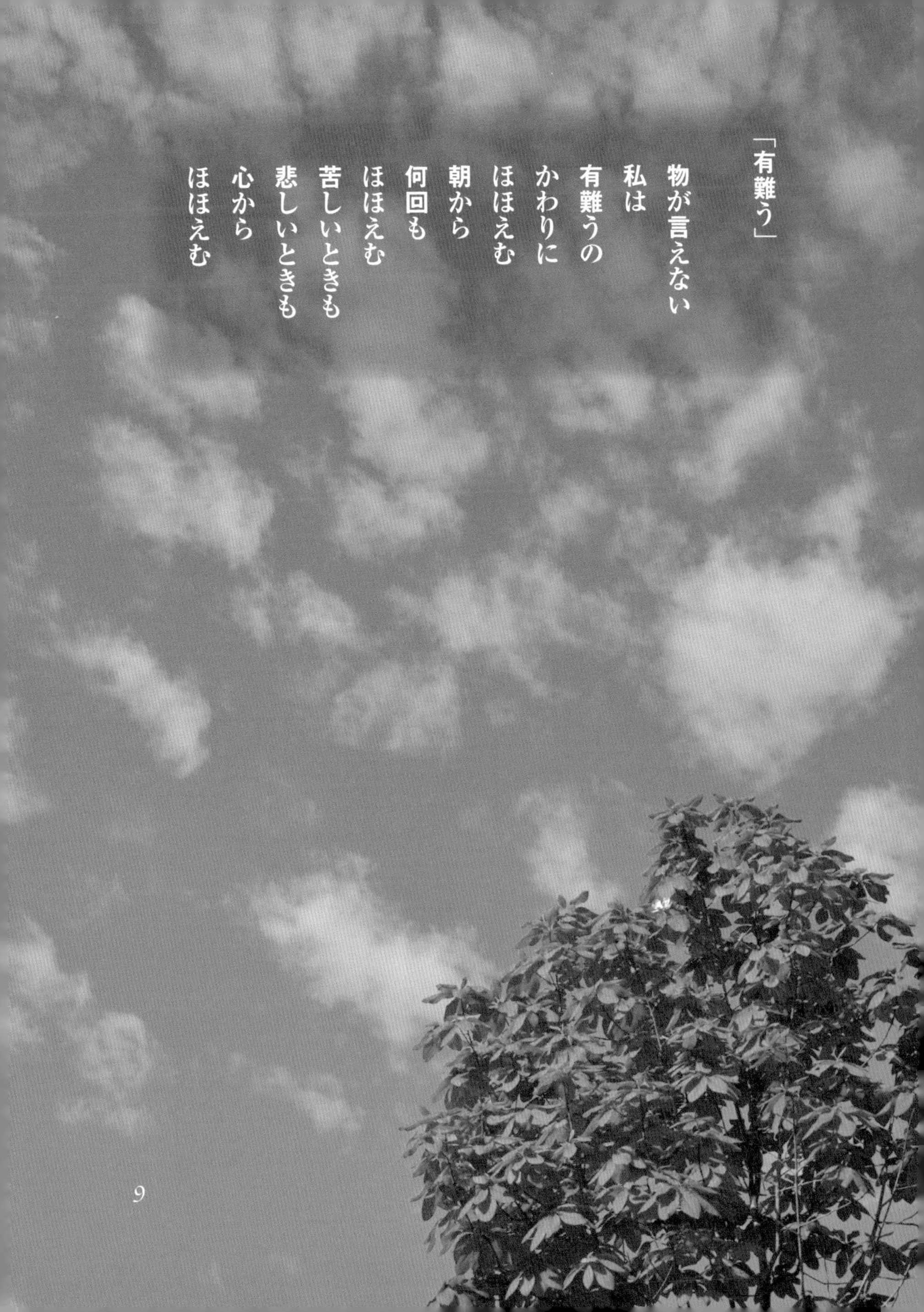

「有難う」

物が言えない
私は
有難うの
かわりに
ほほえむ
朝から
何回も
ほほえむ
苦しいときも
悲しいときも
心から
ほほえむ

とがわかりません／心には悲しみがみちています／主よどうぞこのことをわからせたまえ」という詩に触れた時、兄も苦しみ、その苦しみを詩で神さまに訴えていることを知りました。私はこんな兄の強い訴えを後にも先にも聞いたことはありません。

その母は想像を絶する闘病の末、残していく兄のことを思いながら天に召されていきました。兄三八歳、脳性まひになって二九年目のことです。

「主よなぜですか／父につづいて／母までも／み国へ召されたのですか／涙があふれて／主よ　主よと／ただ呼ぶだけで／つぎの言葉が／出て来ません／主よあなたも／私と一緒に／泣いてくださるのですか」と、兄はこんな詩を書いていました。

そんな時兄に手を差し伸べてくださる先生が兄を苦しみから救ってくれました。夢にまで見た詩集の出版です。それがどんなに兄の心に光をともしてくれたかしれません。

「母をうしなった私のために／泣かないでください／もう泣かないでくださ い／心の中は／不思議なくらいに／静かなのです／キリストが／私と共に／おられるからでしょうか」

この時ほど兄の信仰の深さを知ったことはありません。それからの兄はもう他の物に目をくれることもなく、聖書と祈りの毎日でした。その研ぎ澄まされた信仰は実に深いものでした。そして、信仰に裏付けられた深い思いの作品を作っていきました。

　苦しみの中にあっても小さきものへの温かいまなざしやみんなを思いやる作品ばかりでした。ここまで書くと、妹の私がいかにも信仰に理解があるように見えますが、こんなにつぎつぎと兄を襲う苦しみにどうしても当時は素直になれなかったのも事実です。ただ、妹として母のように世話してあげたい、作品を作る手伝いをしたいという思いで夢中でした。まばたきで作品を書く兄は世の中の誰よりも自慢の兄でした。

　九歳で発病し、四七歳で亡くなるまで、兄は六畳間を出ることはありませんでした。高窓のすりガラスの上に明り取りのために作った天窓の三〇センチほどの隙間から見た、自然の移り変りを少しも見逃すことなく、その光景を詩で表していた兄の感性が、信仰という力を借りて、より研ぎ澄まされていったのだと思います。

　兄が亡くなった後、まばたきで作った詩のノート二〇冊ほどを一冊ずつていねいに静かに読みました。そこには、乱暴な私の字、まるっこい母の字、義姉のていねいな字があり、その三人の字がまるで気持ちが一つの目標に向かっていくように徐々に似てきていました。兄の詩の手伝いをしていくうちに、いつのまにか兄の本当の気持ちを理解し、私の気持ちも兄と一緒に神さまに感謝するように変えられていました。兄の温かさで心の氷がとけていきました。

　そんな私を奈落の底に落とす悲しい出来事が起こりました。結婚して市の嘱

「草笛」

レンゲの花が咲く河原に腰をおろして
少年の日のように草笛を
思いきり吹いてみたい
御神の大きな愛に
つつまれていることを
感じつつ

「父と行ったあの川原には」

父と行ったあの川原には
空高く雲雀が鳴いているか
空高く雲雀が鳴いているか
今でもわが胸に鳴いているように

父と行ったあの川原には
月見草の花が咲いているか
月見草の花が咲いているか
今でもわが胸に咲いているように

父と行ったあの川原には
釣りをする親子の姿あるか
釣りをする親子の姿あるか
今でもわが胸から消えないように

託保育士として働き、夫と一生懸命仕送りした二人の息子も大学を卒業し、それぞれ社会人になって、私ほどしあわせな者はいないと喜びに浸っていた時の次男政男の突然死です。二七歳でした。その時、私に力を与えてくれたのは、残された家族の絆と、亡くなった兄と兄の信仰です。

「源三ちゃん、助けて、どうしたらいいの」と、何回も何回も兄に問い掛けました。そしてひたすら神に祈りました。祈りだけが私の救いでした。兄を知っている人たちが手紙や電話で私を励ましてくれました。そして一緒に泣いてくれました。

私はキリストを信仰している人は何事も――神のなすがままにと――泣かないものだと思っていましたので驚きました。そのことを知ると肩の力がとれ、神さまに自分をゆだねている私がいました。悲しい時は泣き、苦しい時は苦しみ、神さまの前で「あるがままの自分」でいこうと思いました。それが兄にもらった信仰だとわかりました。

そして今も、いつかまた天国で会える兄や政男に胸をはって報告できるような生き方がしたい、兄が残してくれたたまばたきの詩を神さまがくださったすばらしい贈り物と感謝し、兄との思い出を生きる力にしたいと思っています。私も兄のように神さまを慕い、素直になれたらと願いながら。

病魔

兄が九歳の夏、坂城町《さかき》に集団赤痢が発生しました。私たちは三人の兄と妹の五人きょうだいでした。その中で、元気に外で遊んでいた二番目の兄源三と三番目の兄哲男が感染しました。

母は乳飲み子の妹を連れて看病に行ったそうです。私も父に連れられて診療所に見舞いに行きました。病室には入れず、一人で待っていました。廊下まで人があふれてとても心細く、その時知らないおじさんに「おねえちゃん、いくつ」と聞かれ、おやゆびを一本折ったのを今でも鮮明に覚えています。

やがて兄哲男は退院できましたが兄源三の方は高熱がなかなか下がらない状態になってしまいました。薬や注射が満足になく、あったのは氷だけだったそうです。母はひたすら氷で冷やしていました。ようやく熱が下がりほっとしていると、お医者さんから「脳性まひという病気でこれ以上治る見込みがない」と言われたといいます。こうして兄は手足の自由を奪われ、その上しゃべることもできなくなり、寝たきりの生活が始まったのです。

しばらくして兄を医者に見せに行くと、「このままにしていたら手足が固まってしまう」と言われ、母は兄をおぶってマッサージに遠くまで汽車に乗って通

「黄ばんだ写真」

引き出しの隅から
出て来た
黄ばんだ
一枚の写真

脳性麻痺の
苦しみも悲しみも
まだ知らない
私がいる

写真屋へ
つれて行った
若い父母の
祈りがこもっている

「不安」

何も聞こえない
夜
何も見えない
夜
闇
主よ
呼んでください
呼んでください
私の名を

い、父は勤めから帰ると隣町まで電気治療に連れて行きました。

夏の暑い時、母はよくアイスキャンデーを買ってきて、兄をおろすと、「ああ、生きた心地がする」と食べていました。母も兄も汗びっしょりでした。兄は小豆が大好きで母はよく小豆を煮てあんこを作っていました。そのせいか母は氷の看板を見ると「チャコ（私のこと）、氷小豆を食べていこう」と言い、吸い寄せられるように入って行ったことがなつかしく思い出されます。

兄の部屋は南側に窓がある一番奥の部屋です。冬は暖かく、夏は涼しい一番良い部屋でした。父は部屋の入り口にドアをつけ、家族以外の人が入らないようにしました。それは、兄が家族以外の人と会うのを嫌がったからです。その兄の部屋に私たち家族がいつも集まってお茶を飲んだり、ご飯を食べたり、ラジオを聞いたりしていました。兄の後ろには押し入れがあり、その中で私と妹はかくれんぼをしたり、真っ暗の中で懐中電灯を使って遊んでいたものです。

五十音表

兄との意志疎通の手段は、診療所の先生が教えてくれたように、いつも兄の

「まばたき」でした。私たちはそのまばたきを見て兄が願っていることを判断していました。

ある時私は兄に、「源三ちゃん、今日学校で『あかさたな』を習ったよ」と話し、辞書を出してきて、「それから辞書の引き方も教わったよ、みてみて、辞書の後ろに五十音の表があるよ」と見せました。「この表を使い、あかさたなで行を決め、その中から一字を拾えば、源三ちゃんとなんでも簡単に話ができるね」と。

この五十音表のおかげで、それまでは兄に対して何かを聞き、まばたきで返事を聞くだけの一方通行だった会話の往き来ができるようになったのです。兄の気持ちが今まで以上に汲み取れるようになりました。おかげで家族は「兄がしゃべれない」ということがあまり気にならなくなりました。

たとえば母は山にきのことりに行く時、「源三、どこの山に行ったらいい？」と聞きました。「あ・か・さ・た・な」の「あ」行でまばたき、「あ・い・う・え・お」の「い」でまばたき。こうして最初の文字は「い」とわかりました。これを続けて最後に、「一本松の水飲み場」ということがわかりました。

母は山から帰って来ると「やっぱり、きのこがいっぱいあった、源三はすごい、九歳までしか山に行っていないのにちゃんと覚えている」と言ってうれしそうに話していました。こうしてくりかえしやっていくうちに、兄とは五十音表がなくても一字一字まばたきでつなぎ、話ができるようになったのです。

「小さな貝殻」

海に行けない私のために
姪が拾って来てくれた
小さな貝殻が
歌う詩は

海の大きさ
海の美しさ
海を作られた
神様の偉大さ

そんな兄の日常生活はどんなものかと言うと、たとえば寝ている布団のシーツの小さなしわでも骨皮だけの体には痛くてすぐに床ずれができてしまいます。また、洋服は胸のところが締め付けられて窮屈なため、母は手製の着物を作って着せていました。冬はその上にネルの着物を重ね着し、それだけでは寒いので背中に真綿を入れます。今のようになんでもある時代ではないので、母はいろいろ工夫していました。

暖房は炭の掘り炬燵《こたつ》と火鉢。火鉢に炭をつぐのではなく薪風呂のたきぐちの中で完全に炭をおこし、それを持ってきます。特に朝方冷えてくると、病気になったはじめの頃は強いけいれんが兄を襲いました。そこで、水を入れた洗面器を火鉢の上に載せて蒸気をたて、暖を取るように気をつけていました。

好物はまぐろのさしみ、それもわさびをたっぷりつけて。それと甘いもの、特にあんこものが大好きでした。物をうまく飲み込んだり吸い込んだりすることが難しいので、麺類は食べません。汁物は吸い飲みで飲んでいました。

兄のまひしている体は時々自分の意志とは違う動きをしてコントロールができません。なので、制御に体力をずいぶん使い、いつも汗をかいていました。そのせいで、一日に何回も水を飲んでいたのを覚えています。

そんな兄の、「水だけはゴクンと飲みたい」という願いを聞いて母はアルミのコップを用意しました。顎の動きがコントロールできなくて、コップのふちをかんでしまってもあぶなくなかったからです。母は顎の下に手ぬぐいをはさんでぬれないようにして飲ませていました。

ひとくち飲んでも舌をうまく使えないので半分はもどしてしまいます。それでもコップで飲んでいました。誰にもできる介助ではなく、こつがいります。私は時々母にせがんでやらせてもらっていたので、母がいなくてもコップで飲ませてあげることができました。今でも兄がおいしそうにゴクン、ゴクンと音をたてて飲んでいた光景を忘れることができません。

その兄の水のことを私たちは「命の水」と呼んでいました。母が「源三は水だけで生きているようなものだ」と言っていたからです。

また、兄は汗をかくので風呂は毎日母が赤ん坊を入れるように抱いて入れていました。曲がったままの肘や指の間は特に注意しないと腐ってしまいます。母が兄を風呂に入れている間に布団を替え、シーツを敷き、敷布団を印の位置まで折って（母が誰でもわかるように糸で印をした）、その上に座布団のおおきさの布団を置いてバスタオルを敷きます。布団の位置が一センチでもずれているると居心地が悪いのか兄はいやがりました。

兄はそこに寄りかかったり、顎を炬燵にのせていました。自分の意志で動くことができないので母は時々兄の姿勢を変えます。昔は掘り炬燵で温度の調節がうまくできなかったのでよく低温やけどになりました。サポーターをしても

「南天」

いく朝も
霜がおりて
庭が
さびしくなればなるほど
美しさが加わる

脳性麻痺の私の
悩みをになってくれた父が
十数年前に
植えてくれた
南天の木

霜どけ水に光る
赤い実は
父の愛に満ちたまなざし
父の愛に満ちたまなざし

「すみれ」

私の部屋《へや》から
どうしても出てゆかない
冬を
苦しい咳を
追い出すために
義妹《いもうと》と姪たちが
神さまの
恵みあふれる
春の野から
鉢に取って来てくれた
すみれの花

皮膚が弱っているので治りにくかったものです。電気炬燵になってからはそういうこともだいぶなくなりました。

ただ、外から帰ってきた人が「源三ちゃん、ただいま、寒いね」と言って炬燵のスイッチを「強」にして、しばらく話してからそのまま出て行ってしまうことがよくありました。そうすると炬燵が熱くなりすぎ、兄の膝が熱さに耐えられなくなってしまいます。兄が「ううん」と、呼ぶので母が行って見ると炬燵が熱くなっていました。

みんなもわかっているのに時々ミスをしてしまいます。でも、みんな兄が好きなのでどうしても兄の炬燵にあたりたがるのです。母が「向こうの炬燵にあたりなさい」と言っても誰も聞きません。そのようすを兄はにこにこして見ているだけでした。

まひしていても爪や髪の毛はよくのびるものです。それがシーツにひっかかるのです。兄の世話をしながらシーツにひっかかった爪を見て、「体って不思議だね、使えない足でも自己主張して爪がのび、その爪が悪さをするんだね」と言いながら切ってあげたものです。

兄は寝返りが打てません。そのため一晩中同じ姿勢でいるので呼吸が苦しくなり、朝方になるとけいれんが起きることがありました。そういう時は静かに起こし、背中をさすったりしますが、それでも収まらない時は薬を飲ませます。その薬がよかったせいか、大きな発作は徐々に起きなくなりました。

創作

兄の生活が落ちついた二二、三歳の頃、テレビや新聞のニュースで、手が不自由でも足を使って絵を描いたり、口がきけないけれども機械を使って詩を書いている人がいるということを知るようになりました。私も「源三ちゃんも何かできればいいね、何かあるといいね」と話すことがありました。

ある晩秋、父が毎年の行事となっている寒菊の植え替えをしました。そして兄の部屋から見える庭の片隅に置きました。父が、「源三、あれを見て、ひとつ俳句を作ってみないか、父さんが手伝ってやるから」と言ったそうです。そして「このことはみんなには内緒にしよう」とも。そこで兄が作ったのが「庭のすみの寒菊の花に雪が降っている」です。それを父が俳句の五七五に直し、「庭すみの寒菊に雪降りかかる」としました。そして新聞に投稿しました。

それからの二人はなんとなく落ち着かない日を送っていたそうです。父は朝五時になると、縁側に腰をおろして新聞が配達されるのを待っていました。ある日いつものように父が新聞の俳句の欄を一番先に見ると、あの投稿作品が載っていました。

それからが大騒ぎ。「オーイ、母さん見ろよ、源三の俳句が新聞に載ったぞ、

「機織虫」

神さまに
遣わされたように
わが窓辺に来て
鳴きだした
機織《はたおり》虫
十分あまり
神さまの愛と恵みを
歌ってから
またどこかへ
行ってしまった
機織虫

「道案内」

主よ
道案内しますので
お訪ねください

コスモスの花が咲き乱れる
あの家です

淋しく病むあの人に
お話ししてください
父なる神様の
深いみ愛を

久子も哲男も起きろ。源三の俳句だぞ」と、いつもは静かな父が興奮して言いました。私たちも大喜びでした。

父が兄と向かい合ってまばたきで何かをしたことは後にも先にもこれっきりでしたが、いつも静かで、何かする時は必ず「かあさんどうする」と聞いて行動していた父がこんな素敵なことをしてくれたことに私は感動しました。私が高校三年生の時のことでした。

それからは新聞社から何回も「投稿してくださいと」言ってきてくれました。でも兄は作ろうとしませんでした。今思うと、その頃から新聞の俳句の欄などを熱心に見ていたので、勉強していたのだと思います。ですから、しばらくして、私が「源三ちゃん、何か作ってみようか」と聞くと、「うん」と、兄はまばたきですんなりと承諾してくれたのです。

手はじめはまた俳句でした。そして再び新聞に投稿をはじめました。さすがにすぐに入選はしませんでしたが、まだ創りはじめたばかりなので希望に燃えていました。私もその頃母校に勤めはじめていましたので、文学部の顧問の先生に兄の作品を見てもらったりしました。赤い鉛筆で丸をもらったりしてうれしかったことを覚えています。

また、サトウハチローの詩集や八木重吉の詩集、そのほか、いいと思った詩集など手当たり次第に買ったり借りてきたりしました。兄もそれを読んでいました。植物図鑑、昆虫図鑑なども時々見るように勧めました。兄はテレビの教育番組や新聞などもよく見ていました。兄の作った詩を見るとよくそこまで知っていると思うことがありますが、学びに対する兄の意欲は大変なものがあったと思います。

私が友だちと木曾に旅行に行った時、「源三ちゃん、竹がみんな黄色くなっていたよ、六〇年に一度花が咲いて枯れるって。ほんとうだとしたら木曾はたいへんだね」と話すと、「それは『竹の秋』と言って、春の季語で自然現象で、枯れることはない」と教えてくれました。本当によくそんなことまで勉強したと驚かされました。

ある時『主婦の友』誌に詩の講座の募集があり、応募しました。兄も学生気分を味わって、とてもがんばってやりとげました。その時最後に先生から、「あなたの詩は叙情的です」と言われました。「叙情的って何か聞いてほしい」と兄が言うので手紙を出したところ、ていねいなお返事をもらったことがうれしい思い出です。

その頃兄とよく話したことは、「源三ちゃん、人がなんと言っても源三ちゃんは源三ちゃんらしくが原点だね」でした。私はそうすることでいつかは兄の作品が受け入れられると思っていたのです。その兄の作品がキリスト教関係の雑誌に入選するようになると、生きる喜び、生きている喜びを詩の世界を通して知ることができ、妹の私としてもとても大きな喜びとなったのでした。

「気にかかって」

家族
人々の
あふれるばかりの
愛に
包まれている

人の悲しみ
人の苦しみ
人の悩み
人の寂しさ
気にかかって
気にかかって
朝夕
祈らずに
いられない

「手紙」

まだ
郵便配達人の
カバンの中か
すでに
配達されたか

我が心が
そのまま
伝わったか

母が
一字一字拾い
書いてくれた
手紙

宮尾先生との出会い

兄が寝たきりになった頃、母は将来のことを考えてパン屋をはじめました。パン作りを習い、玄関を改造してパン焼き釜を入れて近所のおたえさんというおばさんを雇いました。

毎朝、大きなバケツに粉を入れたものをいくつも秤ではかり、そこに発酵させたイースト菌を入れます。それから粉をこねてしばらく寝かせます。おたえさんが来てからは、その寝かせておいたパン生地で「あんパン」や「グローブパン」をいくつも作り、パン焼き釜に入れます。焼きあがったパンに卵を刷毛で塗ると、パンが光ってさらにおいしくなります。

物が不足していた頃のこと、珍しさもあって作ったそばから売れてしまうほどたくさんの人が買いに来てくれました。その中に、やがて兄をキリスト教に導く宮尾隆邦先生がいたのです。

戦後の坂城《さかき》で、宮尾先生は「信ずる者は救われる」と、歌いながらキリスト教の伝道を盛んに行っていました。和平《わだいら》という開拓地に坂城小学校の分校があり、宮尾一家はその分校の教師として赴任して来ていたのです。和平分校は一九七六（昭和五二）年に廃校になるまで続きましたが、夫婦二人ともそこで教師をしていたのです。

宮尾先生は足が不自由で、いつも杖をついて歩いていました。和平は山の上にあり、町から歩いて三時間以上かかったと思います。何もなかった頃のこと、先生はどこへ行くにも徒歩でした。また先生には三人の女の子がいましたが、みんなはきはきしたかわいい子でした。

そんなある時、私の家に宮尾先生が訪れ、「この家に病気の男の子がいますね、これをあげてください」と言って聖書を置いていきました。両親、特に父は進歩的なところがあったので、自分でも聖書に目を通していました。また一番上の兄も聖書を読み、宮尾先生がはじめた集会に行っていました。そのため、それからは時々わが家に来てキリスト物語のようなものや、動物の出てくる紙芝居をしてくれるようになったのです。動物の鳴きまねが上手で、私たちはいつも笑いながら見ていたものです。

一家で町に下りて来た時は必ず寄ってくれました。奥さんは明るい笑顔の素敵な人で、母はすぐに友だちになりました。先生は一番小さいときちゃんという子どもを連れて来ることもあり、ときちゃんがおもしろいことを言うので、来ると笑いが部屋中にひろがります。六畳間からも兄の笑い声が聞こえてきました。

両親は宮尾先生が学校の先生ということと、すぐそばに先生の伯母さんがいたということもあって、警戒心もなくすんなりと受け入れました。先生は強引に布教することはありませんでした。お茶を飲んで少し話をし、持ってきた紙

「あの日あの時に」

あの日あの時に
戸の外に立ちたもう
主イエス様の
御声をきかなかったら
戸をあけなかったら
おむかえしなかったら
私は今どうなったか
悲しみのうちにあって
御救いの喜びを
知らなかった

「お話して下さい」

主よ
お上がり下さい
こちらの部屋に
おいで下さい

姪たちは
学校へ行って
弟たちは
納品に行って
私ひとりです

主よ
お話して下さい
私たちの望みなる
御国のことを

芝居をしてくれるだけでした。先生の優しい人柄にふれ、みんながだんだん先生を好きになっていきました。兄も先生が来るとうれしそうで、他人を拒んでいた六畳間に、すんなりと先生を迎え入れたのでした。

兄がいつ聖書を読みはじめたか私の記憶にないほど自然に読みはじめていました。炬燵の上の置き時計を台に聖書を広げ、洗濯バサミでおさえてもらい、そのページを読み終えると、兄が「ううん」と合図し、そばにいる人がめくるのです。

活字に飢えていたせいか、兄は驚くほどの集中力で読んでいました。小学校四年までしか行っていない兄には読めない漢字がいっぱいありました。聖書の中で漢字のルビを見て、知らなかった漢字の読みを覚え、いつのまにか読書力は大人並みになっていたのです。母は「小学校四年までしか行っていないのに源三は聖書で漢字がみんな読めるようになってすごい」と、ことあるごとに自慢していたのを覚えています。

一方、パン屋の方は数年で閉じました。朝から晩まで一日中忙しく、その合間には兄の面倒も見ていたので母は体力的にも限界にきていました。加えて、当時は貧困ゆえの泥棒が多く、バケツに入れた粉がバケツごと盗まれたり、パンを盗まれたりしました。そんなことからパン屋はきっぱりやめてしまったのです。

花火

夏、夕方になると早く蚊帳をつって兄が蚊に食われないように注意していました。母は口癖のように「源三は蚊にさされてもかくことができない。かゆいところがかけないことは苦しいもんだ。だからみんな注意してやって」とよく言っていたものです。

また、時々父は螢を取ってきて蚊帳に放してくれました。私と妹も兄の蚊帳に入り、電気を消して「わあ、きれいだね」と一緒に楽しんでいました。

ある晩兄に線香花火を見せたくて、兄の部屋にちゃぶだいを置き、煙草盆の上で線香花火をしてみせたことがあります。私は「源三ちゃん、気をつけてやるから見ていてね、線香花火ってちいさいけれどきれいだからね」と言って部屋の中で電気を消してやりました。

パッパッと光がとてもきれいでした。部屋の中はけむりだらけ。むせながらやっている私たちを見てもなぜか父は怒らないで、次の日に電気花火を買ってきてくれました。そして縁側で電気花火をつけ、私たちに「手を伸ばして気をつけるように」と言ってやらせてくれました。線香花火とは比べ物にならないほど明るくてきれいな電気花火。兄も父に抱いてもらって見ていました。

「亡き父」

父にも
どうすることも出来ない
我が悲しみには
ひと言も
ふれず
ただ縁側に
腰をおろし
つぎつぎに
線香花火を
してくれた
遠い夏の夜
花火の
美しさに
ひとときだけ
悲しみが
忘れられた
遠い夏の夜

「秋」

リンゴ実る秋に体が不自由になり
コスモスの花が咲くころに
初めてイエス様の話を聞き
聖書を読み
コオロギがなく夜に
救いの喜びに　ねむれずにいた

父のこと

父はとても静かな人でした。兄が寝たきりになった時も大騒ぎすることなく、いろいろな本を枕もとで読んで聞かせてくれました。私も父が読み聞かせてくれた「ジャンバルジャン」「フランダースの犬」などが好きでした。その他に講談本も好きでした。その中の話で忠臣蔵の豪傑、赤垣源蔵のように元気に育ってほしいという願いで兄に源三という名前をつけたのだそうです。

また、買い物からお勝手のことなどなんでも母を助けていました。農協の旅行には母の負担が軽くなるようにと、私や妹をいつも連れて行ってくれました。また母と私が「あれがほしいね」と話していると、父が急にいなくなり、「はいよ」と言って買って来てくれたりしました。母が「おとうさんの前ではほしい物を言ってはだめだね」と言って笑っていたのも楽しい思い出です。

ある日、いつも同じ時間に勤めから帰って来る父の帰りがあまりにも遅いので心配していると、近所の人が「おじさん、私と一緒に自動車教習所に行ってるよ」と教えてくれました。六〇歳近い父には運転免許取得はたいへんだったようでした。特に目がよく見えなかったようです。試験に何回も落ち、やっと免許証をもらった時は胃がんで倒れた時でした。

兄を車に乗せるのが夢だったのに、一度も運転することなく天国に召されてしまいました。

私が二一歳の頃、その父に農協の検診で初期の胃がんが見つかって手術しました。数年後に再発して入院。私は、ちょうど勤めていた学校が夏休みの時であり、毎日父の所に通いました。いろいろなことを話しました。ある時父が「久子、上田橋の花火を見に行きたい」と言ったのに、私は「入院中にそんなこと」と取り合いませんでした。年を重ねた今だったら違う対応ができたのにと悔やまれます。

父は徐々に食べる物がのどを通らなくなり、退院して家に帰りました。そしてコスモスの咲く秋にみんなに惜しまれながら天に召されました。兄が病気になって二〇年目のことでした。

悲しみよ

兄の信仰が日を追うごとに深く深くなっていきました。聖書から学んだものだけでなく、宮尾先生はじめ、テープ講座がきっかけで心の師と仰いでいた高橋三郎先生との出会いをとおして兄は自分の置かれた状況を嘆くのではなく、

「悲しみよ」

悲しみよ悲しみよ
本当にありがとう
お前が来なかったら
つよくなかったなら
私は今どうなったか
悲しみよ悲しみよ
お前が私を
この世にはない
大きな喜びが
かわらない平安がある
主イエス様のみもとに
つれて来てくれたのだ

感謝するようになっていたのだと思います。その時にできたのが「悲しみよ」（44頁）の詩です。この詩ができた時、なんだか兄が高い所に行ってしまったような気がしました。いつもなら兄に、「わあー、すごいね、いい詩ができたね」と、いろいろ感想を言っていたのですが、この時はただ黙って書き写していました。「ほこらないで」（52頁）は、兄の詩の原点になっている自分の力を誇らないという謙虚さを語った詩です。まばたきで詩を作りはじめた頃、「源三ちゃん、ここの所はこういうふうにした方がいいかも」と、生意気にも言っていましたが、もう兄の詩は信仰に裏付けられた私の手の届かない所に行ってしまったように思いました。そしてそれは私にとってもうれしいことでした。

カッコウの声

一九六六（昭和四二）年、結婚した私は坂城《さかき》の家を出て小諸《こもろ》に住むようになりました。当時はまだ学校に勤めていて、週末になると、坂城の家に「ただいま、源三ちゃん元気？」と言って帰り、兄の所で一週間の出来事を話すのが楽しみでした。兄も待っていたようにまばたきを始め、次々と詩ができていきました。今思うと、なんにも心配ない充実した頃でした。

やがて子どもができるとおむつから毛布まで持っての民族大移動。毎週のように遊びに行っていました。兄哲男には女の子二人、妹には女の子一人、私の二人の子どもと合わせて五人の子どもたちは一〇か月ずつ違い、まるできょうだいのように仲が良く、保育園のようににぎやかでした。

千曲川に魚とりに行ったり、山にきのことりに行ったり、温泉に行ったり、週末はとてもにぎやかでした。その頃の兄の詩は明るいものばかりです。

私の子どもは初め、私と兄源三とのまばたきのやりとりを不思議そうに見ていました。やがて小学生になると、時々自分でもやってみていました。その時はちゃんと正座しているのでなんだかほほえましかったです。きりぎりすや蛍を捕まえてきては見せていました。

ある時息子たちが兄に「源三おじさん、なにかほしいものはないか」と聞きました。すると、兄は「カッコウの声が聞きたい」とのこと。二人の息子は誕生祝いにカセットレコーダーを買ってもらい、時々録音をしていたので、「いいよ、おじさん、今度来る時持ってくるね」と言って小諸に帰りました。

さっそく、子どもたちは夫と一緒に近所の山へ。するとカッコウの声が聞こえてきました。さっそく長男が次男に「まあちゃん、スイッチ押して」と言って録音をはじめました。すると、カッコウの声にまじってうぐいすの声が……。「おにいちゃん、うぐいすの声も入ってすごいね」と、二人はすっかり夢中で録音していました。もう少しとろうとしていると、今度は突然カラスの声が

「息」

神経が麻痺しているので
息を大きくして　と言われても
息を大きく吸うことができない
息を止めて　と言われても
息を止めることができない
息を吐いて　と言われても
息を吐くことができない

神さまの
御心のままに
息をして
生かされている

「心臓」

なにげなく
胸に手をやれば
心臓が動いている
まだ動いている

いくたびも医者に
だめだといわれたのに
心臓が動いている
まだ動いている

私の意志でなく
神様の意志で
心臓が動いている
まだ動いている

聞こえました。

「カッコー、カッコー。ホウホケキョ、ホウホケキョ。ガア！」

二人は笑ってしまいました。そしてそのまま兄の所に持って行きました。

「源三おじさん聞いてね」とスイッチを入れると、カッコウとうぐいすの声の中に突然カラスの声。兄もやっぱり大きな口をあけて大笑い。

息子たちもしゃべれないおじさんが声をたてて笑ったのでうれしくて、「もう一回聞こうか、おじさん」と言いスイッチを入れ、カラスの「ガア！」のところで三人で大笑い。そんなことから息子たちも兄といっそう親密になったのでした。

母が逝く

父が亡くなってからは、誰もが母だけは長生きしてほしいと願い、母の健康には注意を払っていました。

一九七二（昭和四七）年のこと（私が二九歳、兄が三五歳の時）、その母に子宮がんが見つかり、信州大学医学部附属病院に入院することになりました。治療法は放射線治療。見た目には傷もなくいいと思いましたが、本当はとても苦しいものでした。母も吐き気と食欲不振に悩まされました。しかも、普通は一週間に一回程度なのに、母は早く帰りたくて一日おきに治療してもらっていました。

私はというと、前述のように当時は結婚して小諸《こもろ》に住んでおり、一日おきに兄のところ（坂城）と母の所（松本）を往ったり来たり。今思い出しても、とても緊張して毎日を過ごしていたと思います。兄の身の回りを世話する時も、それまでは母の助手として手伝っていたのであまり責任を感じませんでしたが、今度は違いました。「かあさん、うまくできないから代わりにやって」と頼む相手がいないのですから。でも、兄が心配するので、いかにも手馴れているようにふるまいました。

ようやく治療を終えて帰宅した母が一番先に兄を抱き上げ、「体重が半分になってしまった」と嘆いたのを覚えています。でも、元気なのでほっとしたようでした。

退院後の初めての検診の日、母を連れて家族みんなで松本の病院に行きました。そして小さいノートに大きな字で「ＯＫ」をもらったのがうれしくてみんなで松本城に行き、最上階まで登って景色を見ました。しみじみと良かったと思ったものです。兄の六畳間はもとのようににぎやかになり、私も兄の部屋でうきうきしていました。

でもしばらくすると、母の腰や手足が痛くなり、足には水がたまって象の足

「ほこらないで」

母に
水をもらい
母に
日へ向けてもらい
母に
大切にしてもらわなければ
生きていかれない

草花の鉢は
自分の美しさを
自分の力を
ほこらないで
御神の恵みを
たたえて
小さな花を咲かす

「母」

どこからか
落葉掃く音が
聞こえてくる

落葉を焚く
煙と臭いが
漂ってくる
こんな朝は

消しても
消しても
決して消えない
母の姿が
母の涙が
母の祈りが

のようになってしまいました。あまりに苦しむのでとうとう再入院となりました。その時兄が私に言ったのは、「母が病院で死んでから帰って来ることがないように」でした。「源三ちゃん約束するよ、なんでも相談するから」と私は返事して母を病院に連れて行きました。それまでと違い、今度は母を置いてくるのがとても苦しかったです。

再入院は雪の降る冬の日。松本駅も待合室から見る外の景色もみんな凍りついたようでした。それからは、見舞いに行っても病室から母の苦しむ声が聞こえても午後一時にならないと病室に行けないのです。担当医師が毎日のように替わり、治療方針もくるくると変わるのを見て私は勇気をだして先生に話を聞きました。そして治る見込みがないことを知りました。

兄との約束どおりすぐに母を連れ帰ることにしました。

何回も何回も車を止め、休み休みの帰り道。こんな悲しい退院は父の時以来でした。

坂城《さかき》の家では兄が六畳間、母が八畳間の隣同士に寝ました。母は妹が持ってきてくれたベッドに寝ていましたので、いつも兄の姿を見ることができました。その母の痛みは想像を絶するものがありました。冬だというのにねまきが三〇分もすると脂汗でびっしょりになってしまうのです。夜も一分でもさするのを休もうものならのけぞるほど痛がり、ひたすらさすっていました。そんな中、毎日、母や兄を心配して、たくさんの人がお見舞いに来てくれました。

「おばさんに昔世話になったので痛いところをさすってあげたい」と言ってくれる人もたくさんいましたが母は断りました。衰えていく自分の姿を人に見せようとしませんでした。

つらい毎日でしたが、今思い返すと、厳しい中にも兄がいて母がいて私がいて妹が来て、哲男家族がいて小さい頃の話をしたり、外は寒い冬でも、兄と母のいる部屋はストーブの暖かさだけでなく、みんなの優しさが集まった暖かい部屋でした。そして静かに静かに祈りの中、時間が流れていきました。誰も不平や不満を言うこともなく、母の苦しみがやわらぐならどんなことでもしようと思っていました。

しかしその母は痛みと闘いながら、一九七五（昭和五〇）年三月二日、とうとう天に召されました。「この痛み、最後まで持っていくのかね」と言い、兄を心配してうなり声のような息を長い間してからでした。六二歳でした。

兄は誰にも顔を見せず、炬燵の下に頭を落とし、顔をみせませんでした。兄の初めての詩集『わが恵み汝に足れり』ができてから一週間後のことでした。私をはじめきょうだいは冷静さを失い、愛の神さまと言うがそんなことはない、もしそうならこんな仕打ちをするわけはないと思い、本なんかできなくても母に生きていてほしかったと本気で思ったものです。

でも兄はちがっていました。心の底から血を吐くような苦しみを詩にしたの

「詩」

母にかわって
義妹《いもうと》が
書いてくれますから――

私を生かし
私を愛し
私をささえてくださる
神様を
たたえる詩を
作りつづけてゆきます

「小豆」

日当りのいい部屋も
雪が降りやまない日は
ストーブを焚きつづける

脳性麻痺の私を
母にかわって
世話してくれる義妹《いもうと》は
内職をしながら
おしるこを作る
小豆を煮る

小豆が煮える音に
小豆が煮える匂いに
母の声が
母の心がある

です。

詩を通して自分の苦しみを表していた兄は、私たちの前では泣きごとなど言ったことはありません。母亡き後も、むしろさらにほほえみが増したようにさえ見えました。

ちょうど苦境にあった弟家族のことを思い、母がいなくなってさみしさのなか、坂城《さかき》の家は兄を中心に毎日が静かに流れていきました。一日があっという間にすぎていってしまいました。私はできるかぎり兄の所に通いました。義姉が作ってくれた温かいお昼やお茶請けも楽しみでした。兄哲男は「久子、よく来てくれたな、げんちゃん、待っていたぞ、なんでも聞いてやってくれ」と、いつも私の来るのを歓迎してくれました。

兄は苦しみの中からさらに信仰心を深いものにしていきました。


「泣かないでください」

母をうしなった私のために
泣かないでください
もう泣かないでください

心の中は

不思議なくらいに
静かなのです
キリストが
私と共に
おられるからでしょうか

本当にこの詩のとおり兄は静かな毎日を送っていました。私の冗談にも大きな声で笑ってくれました。私もそんな兄を見て一緒にまばたきで詩を作る手伝いが本当の喜びになっていきました。

榎本保郎先生

私が榎本先生を知ったのは母が再入院した一九七四（昭和四九）年の晩秋の頃です。いつものように病院の母の所にいくと、「今治《いまばり》の榎本という先生が源三の詩を本にしてくれるという話だが、私はもう自分のことで精一杯だから、源三と相談してやってほしい」と言われたことがきっかけです。さっそく兄に

「嫁ぎ行く妹へ」

主イエスが与えて下さる
朽ちない真の幸せをもとめてくれるように
思いがけない　はげしい嵐に出会っても
それをたえしのび進み行く
勇気を持ってくれるように
あつき祈りをこめ
聖書と賛美歌集の二冊を
嫁ぎ行く妹へ

「妹家族」

妹家族が
春の花をもって

父や母の
墓参りに来ました

ふたりの甥が
四月から
中学生と
高校生になると
報告に来ました

父や母も
妹家族を
喜んでいることでしょう
神さまに
感謝していることでしょう

話しました。

「源三ちゃん、どうする、やってみようか」と言うと、兄はまばたきでおおきく合図してくれ、さっそく詩のノートを開いてみました。「源三ちゃん、二人で詩を選ぶんだって」とやってみようとしましたが、手が付けられません。結局は、「榎本先生におまかせしよう」ということになり、書きためたノートを郵便局から送りました。「兄がとても喜んでいます。どうかおまかせしますのでよろしくお願いします」と言葉を添えて。

母の苦しむ姿に沈んでいた気持ちの中にあって、ひとすじのあかりのようでした。

先生は翌年の一月六日、資金を出してくださるお医者さんの馬越先生と二人で兄を訪ねて来てくれました。私が想像していたとおりの優しい先生でした。母の姿を見て天国に召される日が近いことを悟ったようでした。先生は心のこもったお祈りをしてくれました。その祈りを聞いた時は奇跡が起きて母が治るのではと思ったほどで、涙があふれました。兄哲男も義姉も兄源三もみんな泣きました。先生はやさしくて穏やかな先生でした。

そしてその詩集『わが恵み汝に足れり』は母が召される一週間前にわが家に届きました。大きなダンボールの箱がどさっと送られてきたのです。中を開けると赤い表紙の詩集が一〇〇冊。

詩集ができた後、返してくださったノートを開きました。赤い鉛筆で誤字訂正から、行の入れ替え、言葉のつなぎなどの修正した跡を見て、校正することの大変な労力がしのばれました。

母が亡くなってしばらくして心に少し落ち着きができた頃、一つずつゆっくりと読みました。この赤い表紙の詩集は私にとっても宝物です。お世話になった人に送りました。そしていただいた感想を兄に読んで聞かせると、とても喜んでくれました。

詩集ができたことは、母を失った兄の生きる支えができたように思います。兄は今まで以上に作品作りに専念していきました。もう、その頃からは、新聞もテレビも見ません。ひたすら聖書と向き合っていました。母が亡くなった直後の私は「詩集なんていらない、それよりも母が生きていてほしい」という思いもあり、うれしい反面、複雑な気持ちもありました。でも兄の信仰に接していくうちにそんな思いも徐々に薄れ、兄と一緒に神さまに感謝している私がいました。もう、兄と私は次の詩集が神さまの庇護のもと、できるものと毎日が希望に燃えていました。

そんな兄を榎本先生はいつも心配し、祈ってくれていました。そして、先生は第二詩集も出す準備をしてくれました。でも先生はその詩集を見ることなくアメリカへの旅の途中で天に召されてしまいました。最初の詩集を出してくださる時も病を押してやってくださったのです。先生はそんなことをおくびにもださず、明るく接してくださっていました。そしてその先生の意志を引き継い

「苦しまなかったら」

もしも私が苦しまなかったら
神様の愛を知らなかった
もしもおおくの兄弟姉妹が苦しまなかったら
神様の愛は伝えられなかった
もしも主なるイエス様が苦しまなかったら
神様の愛はあらわれなかった

で奥様が第二詩集『主にまかせよ汝が身を』を作ってくださったのです。妹として、心からうれしかったです。そして兄は体は不自由でもこんな幸せな人はいないと思いました。そしてこれが神の深い愛なのだと思いました。

私は父や母がいなくなっても、こうやって詩集ができていくことを感謝して生きていかなくてはいけないと自分をいましめました。もし、先生に出会わなかったら、兄の詩集はこの世になかったと思います。

髙橋三郎先生

兄が髙橋三郎先生を知ったのは、『わたしの杯――クリスチャンシベリア女囚の手記』（いのちのことば社）の著者益田泉先生が坂城《さかき》で講演をし、わが家に泊まったことが縁です。益田先生から髙橋先生を紹介され、髙橋先生がなさった農業を愛する青年の集まりである愛農聖書研究会での講義テープを送ってもらって聞くようになったからです。

兄はそのテープの返事を出していました。兄の講義の返答は満点だったそうです。兄は髙橋先生を知ることで、信仰がより深くなり、そして毎日が充実していったように思います。生涯の師でした。兄はテープを聞きながらみんなが笑っている所で声をたてて笑っていました。私はそんな兄の姿を見て自分までうれしくなったものです。

また先生の方もよくハガキをくださいました。そのハガキの中に、「今度源三さんの所に行くので、久子さんも来ませんか」とありました。私はうれしくてすぐに返事を出しました。そして、初めて先生にお会いしました。「なんて父に似ているのだろう」。それが私の第一印象です。おだやかでいつも笑顔の絶えない先生でした。

とても忙しいその先生が、私たちのつたない字を読み取って、兄の詩集の編集をしてくださったのです。また先生は母の命日を覚えてくれていていつも励ましの手紙をくださいました。兄は母を亡くしたけれど先生から学んだ信仰と先生の暖かい励ましで以前にまして創作に意欲を燃やしていました。父や母は亡くなってしまったけれど、髙橋先生の存在は兄だけでなく私にとっても大きな支えでした。

そんな兄は母亡き後、みんなの負担にならないようにするにはどうしたらよいかと考え、食事、排泄を自分でコントロールしていました。排泄の回数、時間などを決めていたのです。排便は二日に一回朝食のあと。それも母亡き後はポータブルトイレに乗せてもらって自分でやっていました。起きることも寝返りを打つこともできない人にどうしてそんなことができるのか不思議でした。きっと、兄が哲男夫婦の負担を減らすためにがんばったのだと思います。兄自身がポータブルトイレで排便ができたことを心の底から喜んでいたのだと思います。排尿は朝起きた時、昼食の後、寝る時の三回と決めていました。私が兄の所に行くと、必ず私に介助を頼みました。これも、哲男夫婦の息抜きになればと思っていたのだと思います。

私は兄の体のことを心配していました。そんな時、「一日も早くと祈るな」という髙橋先生の深い慈愛のこもった言葉を知りました。その時の、鳥肌が立つほどの衝撃を今でも忘れることができません。

その髙橋先生が病気で倒れました。兄を訪ねた時、「ねえ、源三ちゃん、今度詩集はいつ出るの」と聞きました。兄は「先生が倒れたのでもうだめ」と教えてくれました。「本当に源三ちゃんもかわいそうだね、つぎからつぎと悲しみが襲ってくるね、でもきっと、先生は治ると思うよ」と私は兄と一緒に神さまに祈りました。

「便り」

心が凍える
小雪がちらつく
真冬日

先生から
凍える心を
温かく包む
便りが届きました

先生の
優しいまなざし
奥さんの若々しい笑顔
同封されていた
一枚の写真に
凍えた心が
温かくなりました

この詩を読んだ時本当によかったと心から思いました。そして第三詩集『今あるは神の恵み』ができたのです。兄はこの詩集の表紙の色を好きな若草色にしたことを私にそっと教えてくれました。この詩集も何回も何回も読みました。そしてお世話になった人に差し上げました。いろいろな所にひろがっていくのを兄はとても喜んでくれました。なんともいえないすがすがしい気持ちになりました。

その後、兄が四七歳で亡くなった年に心から楽しみにしていた第四詩集『み国をめざして』が髙橋先生の血のにじむような努力によってできました。

父と母
失いし我を
キリストに
ありて支えて
くれる師の愛

父母が亡くなってからの兄の支えはこの詩のとおりだったと思います。

天国へ旅立った兄

ある時兄に「どうして、テレビや新聞を見なくなってしまったの」と聞くと、「目がよく見えない」と教えてくれました。同じ位置でいつも聖書を見ていたので、近視になっていたのです。「めがねでも買ってこようか」と言ったけれど、兄はただ笑っていました。聖書と、先生のテープと、詩を作るだけの生活が神さまと向き合っていくためには良かったのだと思います。み国をめざして兄は準備していたのだと思います。

夫とその頃の兄の話をした時、「源三さんは天国に行く準備をしていたのかなあ」「気がつかなかったけど、今思えばそうかもしれないね」と会話をすることがあります。

一九八四（昭和五九）年の二月二日のこと。ぜんそくの発作でもう幾日も食べることができなくなり、息をするのもやっとの時。兄が私を呼んで、「髙橋先生に便りをしてくれ」と言います。「テープの返事が遅れている」と言うのです。

私が「返事をしなくても、先生はわかってくれるから」と言っても聞きません。兄とまばたきのやり取りをしたのはこれが最後の最後でした。息も絶え絶えなのにどこにそんな力があるのか不思議なくらい、元気な時と同じようにまばたきでのやりとりがはじまりました。

「わかったわ、今書くから聞いていてね、後で直す所を言ってね」と、髙橋先生にテープの返事が遅れてすまないということをハガキに書き、兄に読んで聞かせました。そしてもう一枚、私から先生に駅の待合室で泣きながら「たぶんこの便りが着く頃、兄はもういないかもしれません」と記し、雪の降っている中、雪と涙にぬれたハガキ二枚を投函しました。

二月六日、静かに兄は天に召されていきました。

兄の告別式には、たくさんの人が来てくれました。信仰している人も、そうでない人もみんな兄をとおして神さまに感謝しました。降り続いていた大雪もやみ、春の暖かい陽射しがみんなの背中を包んでくれました。みんなの前で兄哲男が言いました。

「げんちゃんは天国に行ったと心から信じます」と。

私も本当にそうだと思いました。そして天国に行った兄を心から誇りに思ったのです。

（注）本文中に言及される四つの詩集は、『わが恵み汝に足れり――水野源三精選詩集』に収録され、日本キリスト教団出版局よりオンデマンド版が発行されています（巻末広告参照）

エピローグ　天国の携帯番号は何番ですか

「水が飲みたいなら目をつぶれ」からはじめた兄とのやりとり。生きがいをみつけているうちに、まばたきで詩を作るようになった兄。一人では何もできないけれど母がいてくれたから、妹が手伝ってくれたから、義姉が助けてくれたから詩を作ることができました。その詩には神さまへの深い信仰と、周りの人への感謝の気持ちがあふれています。

私は兄の残してくれた詩のノートを借りてきて、はじめからゆっくりと読んでみました。そのノートは十冊ずつまとめて二つに整理してありました。

最初の頃は私の乱暴な字。そこには、第一詩集を出すにあたって、榎本先生が編集してくださった赤い色鉛筆の丸や赤線の書き込みがいっぱい残っていました。なつかしさと共に先生の大変さがあらためてわかりました。ノートには虫のしみや汗のしみもいっぱいありました。

次に、母の丸い字が所々に出てきました。母が老眼鏡をかけ、おおきな辞書をひきながら書き写していた姿が思い出されました。その母が病気の時は詩も少なく、私の字もなんとなく心そこにないような字です。母が入院中はほとんど詩がありません。兄も私もひたすら母が治るそのことだけに一筋だったように思います。母が亡くなった時のノートには涙の跡がありました。それからしばらくして義姉も手伝ってくれるようになり、ていねいな字が並ぶようになりました。

いつも六畳間の炬燵に顎をのせて私を見守っていてくれていた兄。「どうしたら、源三ちゃんの生きがいが見つかるのか、早く見つかりますように」と、心配していた自分を思い出し、あの頃に帰ったようななつかしい気持ちにさせてくれました。そしてとぎれとぎれになってしまった記憶をたどりながら兄の日常を私の目を通して書いてみました。

今思い返しても兄とのやりとりは楽しく、また毎日が充実していました。誰かのためになっているということは自分自身にとってもうれしいことですね。妹として兄の手伝いができたことは本当にしあわせだったと思います。それはまた、その後私を襲う次男の突然死という苦しみから、「悲しいけれど、まばたきの詩人の妹だもの胸をはって生きていこう」という力になりました。

兄が亡くなってから私は長期臨時保母として働きにでました。二人の息子が大学、大学院と進み、せっせと仕送りをしました。保育園の小さな子どもたちは私にエネルギーを与えてくれ、毎日が充実していました。そして長男は高校の先生、次男はコンピューターの会社に就職し、私ほどしあわせ者はないと思っていました。

一九九八（平成一〇）年の六月一九日、いつものように勤めから帰って来ると、電話が鳴りました。次男の会社の人からでした。「政男君、そちらに行っていますか。三日前から会社に来ていないんです、今まで、無断欠勤したことがないので」という電話。それから、息子がアパートで血を吐いて窒息死していることがわかるまでそんなに時間はかかりませんでした。特許を取るための研究で長時間残業を繰り返し、やっと終わって申請した日に亡くなったのです。

私はその三日前の日曜日の夜一〇時頃、旅行から帰って来ていつものように二人の子どもたちに、「帰ってきたよ、おみやげは後で送るね」と電話したばかりでした。その時に話したのが最後になるとは……。思いもよらぬことでした。次男政男二七歳、私が五四歳の時のことです。

ある時政男が真剣な顔をして、

「ねえ、おかあさん、どうして長男は両親を独り占めして老後をみるの」

「え、別にどうしてって、決まっていないでしょう」

「ふうん、じゃあ、ぼくもおかあさんといっしょに住めるんだ」

「そうだよ」

「よかった、おかあさん、老後は心配しなくていいよ、ぼくがみてやるから、おばちゃんたちと年金の話なんかあんまりしないでね」

「うん、わかった、ありがとう」

そんな話をしたことがありました。なんて政男は優しいんだと、うきうきしたものです。

その政男の死からの私は冷静さを失い、世の中の人がみんな私の不幸をあざ笑っているように思い、小さなことにひがんでいました。そしていつも悲しみでどこかに迷い込んでしまいそうに思って暮らしていました。夫と長男の悲しみを思いやる気持ちなど少しもありませんでした。そんな時夫が「政男は立派に生きていたんだ。そんなに悲しんでばかりいると政男に悪いぞ、胸をはって生きなさい」と言った一言に、少し冷静さを取り戻しました。

長男も、自分だって悲しいのに私のことを一番に気づかってくれていました。そして雨の日も雪の日も毎週必ず来てくれました。そんな息子の優しさで私も少しずつ周りが見えるようになったのです。

ある時、九州に旅行に行った長男から宅急便で長崎カステラが届きました。

「お母さん、ダンボールの下のほうを見て、ふくろうが入っているから。ふくろうはしあわせを呼ぶんだって」

確かに下のほうにカステラの重みにつぶされたぬいぐるみのふくろうが三つ。思わず笑ってしまいました。そして、「そうか、ふくろうは幸せを呼ぶのだ、私も集めよう」と思いました。木彫りをしている人にふくろうを彫ってもらいました。目が政男そっくり。なんだかとってもうれしかったです。そして弟と違って買い物が嫌いだった兄が買い物好きの弟を演じている姿にいじらしさを感じました。

ある時、以前政男と行った梓川のダム湖までコハクチョウを見に行きました。

「まあちゃん、さあ行くよ、きょうはコハクチョウを見に行くよ」

「ねえ、まさお、あれを見て。今年生まれたコハクチョウじゃない？」

いつのまにか政男と話をしている私でした。家にいるのが落ち着かなくて政男と行った所に行っては——なにか政男とコンタクトがとれたら——と、あてのない期待をもって出かけていました。一時は気がまぎれるけれど、少したつと悲しくてないものねだり……。そんなことの繰り返し。

「まさお、天国の携帯の局番は何番ですか？」

政男に会いたい。0000—0000—1234。政男の好きな番号は1234。今では私とお父さんの好きな番号になりました。

「お父さんも、お母さんも携帯電話を持ちました。おまえの研究も進みましたか？　そろそろおまえからメールが届くのを待っています。私もお兄ちゃんにほめられるくらいメールが上手に打てるようになりましたよ」

携帯を開いては政男からのメールがないか見ている自分がいます。

政男が亡くなった時、アパートのテラスで育てていたサボテンを持って帰りました。夫が植え替えて大切に育ててくれました。晩秋のある日、霜が降りるといけないのでサンルームに入れ、夜はストーブをたいて育てました。すると小さなつぼみがついたのです。そしてクリスマスの朝、ビロードみたいな赤い花が咲きました。さっそく、写真にとりました。

「まさお、サボテンが咲いたよ、かあさんへのおまえからのクリスマスプレゼントだね、ありがとう」

その写真でサボテンの花の年賀状を作ってもらいました。

日がたつにつれて私は大分自分を取り戻してきました。そして、政男のことを思う時、そこには必ず兄源三が優しくほほえんでいたのです。

「いつか会える兄や政男に胸をはって会えるように生きていこう」、そう思いました。そして、「兄のまばたきで詩を作る手伝いをした妹だもの、みんなにほめてもらえるよう生きなくては」と自分に言い聞かせました。

その兄のことを、「妹さんでなければ書けないことがあります。ぜひ、書いてください」と背中を押してくれた先生と、大切な人たちがいます。先生の名前は和田登先生といい、児童文学者、童話作家です。兄が亡くなってしばらくした頃、先生はていねいな取材をしてくださり、『まばたきの天使』（日本キリスト教団出版局）という、兄のことを書いた本を出してくれました。その本を先生から贈っていただいた日が忘れもしない政男の葬儀の日です。何か運命的なものを感じました。

そんな出会いの後、政男の七回忌も無事済ませてふと新聞を見ると――「童話をかきあげる」講師和田登――という記事が目に入りました。さっそく申し込みの手続きをし、先生にお会いできるのを楽しみに出かけました。会場の部屋に入っていくと、最初のあいさつが、「よくいらっしゃいましたね、心配していましたが、よかった」との暖かい言葉。どきどきしていた気持ちがすーっと消え、兄と過ごした頃のやすらぎを覚えました。

先生は以前と変わらずやさしい先生でした。そしてその先生と童話の仲間の方たちの励ましで兄のことをこのように書き終えることができました。本当にありがとうございます。もし和田先生に出会わなかったら、うじうじした暗い毎日を送っていたかもしれません。兄の残してくれた詩が神さまからのすばらしい贈り物だということを忘れ、ただただ一日を過ごしていたと思います。

兄が神さまにお願いしてくれた最高の贈り物、「私は私らしく」を大切にして生きていこうと思っています。そんな思いが、このように兄との思い出を書きつづってみて、さらに強くなりました。

神さま、私にこういう機会を与えてくださり本当にありがとうございました。

林　久子（はやし・ひさこ）
「まばたきの詩人」として知られる水野源三の妹。脳性まひで「まばたき」によってしかコミュニケーションができなくなった兄の創作を子どもの頃より手助けし、「まばたき」が生み出す作品を文字に書き取り続けた。

装幀／デザインコンビビア（田島未久歩）
写真／小林　惠

まばたきの詩人　兄・水野源三の贈り物
悲しみよありがとう

2020年10月15日初版発行
2021年5月31日再版発行

著　者　林　久子
詩　水野源三
写　真　小林　惠
発行所　日本キリスト教団出版局
〒169-0051　東京都新宿区西早稲田2-3-18
電話・営業03（3204）0422、編集03（3204）0424
https//bp-uccj.jp/
印刷・製本　モリモト印刷株式会社

ISBN978-4-8184-1070-1 C0092　日キ販
Printed in Japan